VOO LIVRE.
Memórias

Preparo de originais: Gabrielle Antunes
Revisão: Clarissa Santos
Diagramação: Cintia Rodrigues
Capa: Melissa Matos

Catalogação na publicação
Elaborada por Bibliotecária Janaina Ramos – CRB-8/9166

H515v

Hennes, Maria Cristina

Voo livre / Maria Cristina Hennes. – Rio de Janeiro: Ases da Literatura, 2023.

64 p.; 14 X 21 cm

ISBN 978-65-54281-97-3

1. Ficção. 2. Literatura brasileira. I. Hennes, Maria Cristina. II. Título.

CDD 869.93

Índice para catálogo sistemático
I. Ficção : Literatura brasileira

Cristina Hennes

VOO LIVRE.
Memórias

NOVOS ASES

Aos meus pais (in memoria), *Heinrich, fonte de inspiração e de amor às*

Letras e às Artes, e Beatriz, exemplo de luta pela conquista dos direitos do ser-mulher.

À minha família, Divaldo, Letícia, Roberto, Mariana e Guilherme, minhas raízes afetivas com o Nordeste.

Aos meus netos, Vinícius, Isabela, Beatriz e Benício, para que nunca esqueçam de seus ancestrais, todas as gerações de homens e de mulheres que criaram memórias e histórias.

A Divaldo de Almeida Sampaio, médico e membro da Sociedade Brasileira de Médicos Escritores/Regional Pernambuco, que se dispôs a fazer a primeira leitura do original, pelas suas impressões críticas como leitor.

Ao professor, ensaísta, crítico literário e Presidente da Academia Pernambucana de Letras, Lourival Holanda, que me honrou com a escrita do prefácio deste livro.

PREFÁCIO

Para Cristina Hennes

A narrativa de restituição do que foi vivido, deixando possível seu sentido, é um verdadeiro trabalho de memória cultural. A velocidade vertiginosa de nosso tempo quase reduz todo o havido a uma certa acronia, a um certo processo de desmemória; e finda dissolvendo, no plural dos antepassados, o que cada qual trouxe de singular. E, no entanto, essas narrativas são fundamentais para permitir essa permuta, o intercâmbio com outros tempos; tempos recentes e, de repente, remotos. Pela narrativa, pela ressonância do sonho dos homens, salva-se, de certa forma, a significação dessas vidas. O grave seria, mais que o esquecimento, a sua insignificação: gesto explícito de desamor e de ingratidão. A narrativa é uma acolhida, uma restituição.

Cristina Hennes, em *Voo livre,* encontra a técnica estilística apropriada para refazer um trajeto e domar o pathos da lembrança, do lirismo, sob a disciplina do fato. O texto, uma restituição, pela linguagem criativa, que vai compondo os quadros: *Refiz, em câmara lenta, o mesmo percurso dos tempos de criança.*

Uma bioficção? Mas, os tempos contemporâneos já põem sob suspeição – e suspensão – qualquer veleidade de verismo, do tipo: conto o fato como de fato foi. Uma *creative non-fiction*? Toda narração, por força mesmo da arbitragem das palavras, tem um tanto de ficção; assim como, por outro lado, toda ficção paga um dízimo ao real. Traduzir um destino, que sequer é compreendido, é todo um desafio; aquilo que foi fundamente individual, agora é transposto numa linguagem comum: é operar de modo a que o leitor, alheio ao drama, aproveite e projete muito de si.

A maestria de Cristina Hennes foi conseguir essa cristalização no processo narrativo permitindo uma mobilização organizada da intuição e da memória. Como restituir o ritmo irregular de uma vida se sequer o coração tem regularidade permanente, como o cardiograma? Como dizer os percalços improváveis de nossa vida interior, se não com os saltos arrítmicos do encefalograma?

Ainda, e sempre, Hennes enfrenta memórias: terreno delicado onde se escolhe, excluindo: há muita coisa densa, insistente, que continua latente, em semiesquecimento. A narração criativa, de *Voo livre,* é um desencadear de memórias; num modo de preservação de um mundo – enquanto estimula reaver seu sentido; bom de se ler; sobretudo por sua sensibilidade inteligente.

A reconstrução narrativa opera uma arqueologia que traz os traços que marcarão uma vida, que darão direção a um destino: *Na companhia de papai ela desenvolveu o gosto pela leitura, principalmente pelos clássicos da literatura alemã, como Thomas Mann e Herman Hesse, lidos na língua original. Papai costumava assinar o jornal local A Gazeta e a revista alemã Der Spiegel, esta última, importada diretamente de Hamburgo. Ambos os periódicos noticiavam os fatos da vida social e política brasileira e europeia.* O pudor da narrativa tampouco se esquiva do drama fundo como o arrancamento do pai como o de um chão: *No meio da madrugada acordamos, subitamente, em pânico. No quarto reinava o mais absoluto silêncio. Acendemos a luz e vimos papai de boca aberta, imóvel, sem apresentar nenhum sinal vital. Ele estava morto.*

Mas é, também, o testemunho de um tempo da história brasileira; nem sempre em seu melhor momento: a despeito da lenda como um país hospitaleiro, acolhedor, nem sempre o Brasil teve a coragem de ser generoso; vem de longe, no tempo, nossa dificuldade em estar à altura para acolher *o Outro* num registro fraterno. O negro foi uma imposição econômica; uma não-acolhida, portanto; no índio, vimos passividade e possibilidade de aculturação, sem maiores escrúpulos. O europeu seria, sem subserviência, o parceiro possível na aventura civilizacional; não foi, óbvio: *Instalou-se, no sul do país, um clima de franca hostilidade e desconfiança contra os "alemães-batata" – como eram chamados, com escárnio, pelos "luso-brasileiros" – passando a ser vistos como "traidores reais ou potenciais da pátria". Foram tempos de incerteza e discriminação.*

A narração remete a esses dias duros, quando o viver custava, mesmo nos gestos cotidianos, como no *cerceamento do acesso à prestação de serviços cartoriais e jurídicos*; concede-se ao *Outro,* quase por condescendência, uma subcidadania. Ainda que a construção das lembranças de Clarissa leve para o lado pessoal e emotivo, os eventos sociais norteiam um tempo. Porquanto há pontos, no passado, que servem de boia; sinalizam o que muito importou; e agora impedem a experiência de se dissolver em insignificância.

A memória colhe e escolhe determinados momentos de uma vida e com eles compõem um quadro, uma temporalidade. *Herzzeit*: um tempo do coração. Tudo o que importou e moveu um mundo. É quando a experiência estritamente individual, no século XX, alarga-se em um testemunho intergeracional, em um momento da história do Brasil. Daí a pertinência social dessas memórias como de um GPS cultural, quando a incultura, na sua forma mais deletéria, a indiferença, ameaça estender sua hegemonia sobre o contemporâneo.

Em *Voo livre* a escritora Cristian Hennes, com invulgar maestria de meios, em estilo depurado, elegante por sua sobriedade, reforça a eficácia do traço mnemônico: lá onde alguém deixou muito de si. E traz os seus de volta, por obra e arte de um estilo sucinto e preciso. Eles estão aqui, os supostamente ausentes, presentificados pela leveza da narrativa: *absentes, adsunt* – como ecoa na sábia voz latina: estão aqui.

Certo, muita coisa o pudor empurra para detrás das palavras. Os afetos que mais fundamente nos moveram pedem um silêncio, ou são apenas nomeados. Clarissa sabe: houve um Amaury, houve um bailarino russo. Porque, do que foi frêmito da carne, do que ficou na profundeza do afeto, a memória só restitui a muito custo: muito se perde. Em alguns casos, tanto melhor: nos poupa dilaceramentos dolorosos de tudo o que é perda. Por isso o corpo cala, quando a memória dos sentidos se esvanece. Daí a narrativa sóbria - e comovente - de Cristina Hennes; seu texto opera uma enorme economia narrativa segura e tocante. E surpreende quando a voz narrativa suspende a descrição e remete a um registro poético: (...) *avistei um bando de garças, cruzando o céu, em voo sincronizado, como se quisessem prestar uma última homenagem a ele. Por um instante, fechei os olhos. Tudo era tão irreal que o meu desejo era dormir e não mais precisar despertar.* Quando nenhum conceito abarca a complexidade do real, resta o poético - que, como a música, dispensa o argumentativo.

A imagem do *pai padrão* marca a constituição mental de Clarissa. O texto é uma homenagem: quando uma vontade de vida refontizada, na memória, alia-se à vontade criativa e à pulsão narrativa. Linha tênue entre a narrativa de restituição e a narrativa de bioficção. O texto sobre memórias é, em alguns momentos, uma anamorfose feliz: espelho deformante que superpõe, de modo pertinente, visões e versões da vida. Anamorfose é a beleza plástica da linguagem que, por ser assim, permite deleite e proveito ao leitor, mesmo distanciado do lugar de vivência, do chão de que fala Clarissa. É o caráter particular da linguagem literária: a que se abre *en abyme* e, assim, permite permuta nos quadrantes mais variados, de tempo e de espaço. Assim, no meio das coisas e da vida, Clarissa põe-se num momento decisivo, tendo, diante de si, apenas a interrogante como recurso: *Sentei-me em um caixote e observei as sombras das velhas máquinas paradas. Tudo era silêncio. Meus pensamentos voltaram-se à toda a minha vida passada. Como eu tinha chegado até ali?*

A infância acaba num tempo preciso: D*eixamos a casa, ao lado da fábrica, onde todos os quatro filhos nasceram - um homem e três mulheres - quando eu tinha 10 anos de idade. E é ampla essa infância: numa casa de estilo colonial de sete cômodos, construída rente à calçada da rua da Independência, com amplas janelas de vidro e persianas.* Da distância, do tempo da narração, tudo parece translúcido como o vidro das janelas, quando, na verdade, apenas deixa entrever, como as persianas.

A juventude é vivida com uma intensidade, uma impulsão. Mas, em tempo particularmente difícil. Ser jovem quando uma estrutura social apodrece: *Foi em 1970, quando o país ainda vivia os anos mais truculentos da Ditadura Militar, sob o governo do general Emílio Garrastazu Médici, que ingressei, por concurso vestibular, na Faculdade de Letras, na capital Porto Alegre.* Ninguém passa impune por um período assim tão turbulento.

A vida adulta de Clarissa começa, de fato, aos 21 anos - quando perde o pai padrão, o mentor em sua vida: (...) *agora eu podia sentir o peso da orfandade e da ausência dele em minha vida.* As imagens situam os quadrantes de uma formação. Ali está a memória de um tempo, que aparenta ser recente e remoto, simultaneamente; e olhando um tempo quando, nas coisas manufaturadas, investia-se paciência e esmero: obra de arte. Hoje, com tudo tendendo à eficácia, elas se mecanizam. *Verdadeiras obras de arte saíam das mãos habilidosas dos confeiteiros;* como o texto: um saber memorial e um desafio na restituição de um tempo. Aposta ganha pela escritora Cristina Hennes que entrega, ao leitor, um texto enxuto e consistente, como um diamante.

Lourival Holanda

Crítico literário, ensaísta e presidente da Academia Pernambucana de Letras.

PRÓLOGO

MEMÓRIAS DA ANCESTRALIDADE

Ao nascer recebi o nome de Clarissa, em homenagem à minha avó materna. Minha chegada ao mundo, depois de sete anos de espera por uma menina, tinha sido recebida com grande alegria por meus pais, Heinz e Hannah Stein que, àquelas alturas, já tinham um filho primogênito homem. Fui uma bebê prematura, de sete meses, numa época em que não havia incubadora. Mamãe costumava contar que meu esquálido corpinho, pesando 1,100kg, precisava ser mantido aquecido com bolsas de água quente, trocadas de hora em hora. Não tinha forças suficientes sequer para sugar o peito materno e era alimentada com uma colherzinha de leite, com muita paciência, por Nani, minha babá até meus dois anos de idade. Sobrevivi graças à devoção e à intercessão de meus pais a Santo Antônio, protetor das crianças, e ao mutirão familiar que se estabeleceu em meu entorno, para garantir os cuidados diuturnos necessários à minha sobrevivência.

A infância transcorreu sem grandes atropelos no seio de uma família ampliada: meus pais, irmãos, avós, tios e muitos primos. Estávamos em plena década de 50 que ficaria conhecida como *Anos dourados*. Naquele período, apesar da sociedade brasileira ter conhecido o florescimento da industrialização e da expansão econômica, as tradições e os costumes sociais permaneciam bastante conservadores, sobretudo em relação às mulheres que eram ensinadas, desde cedo, a desempenhar os papéis de esposa e mãe.

Minha mãe, de descendência alemã e sueca, era a filha caçula de uma família de prole numerosa: ao todo, nove filhos, quatro mulheres e cinco homens. Conhecera meu pai ainda criança, aos 11 anos de idade, como amiga de sua irmã Lotte. Costumava frequentar a casa de Herr Stein, um imigrante alemão que mudara da Alemanha para o Brasil com a mulher Anneliese e um casal de filhos, logo após a Primeira Guerra Mundial. Nas visitas à casa da amiga, para brincar ou fazer tarefas escolares, ficava observando, à distância, com grande admiração, o filho mais velho, um rapaz de corpo atlético que ficava horas sentado diante de uma tela com seus pinceis - embora fosse completamente ignorada por ele. Quis o destino que viessem a se reencontrar e a namorar anos mais tarde. Mamãe costumava nos contar que, em um belo dia, fora surpreendida com um buquê de flores, acompanhado de um cartão e um pedido de casamento. Como ainda era muito jovem e inexperiente, consultou à mãe sobre aquela inesperada proposta. - Ele tem os olhos azul-violeta mais bonitos que eu já vi em minha vida - respondeu a mãe. Contraíram matrimônio anos depois, em 1944, quando ela completou 18 anos, idade considerada, à época, perfeitamente adequada para o casamento de jovens donzelas. Não teve a chance de continuar seus estudos e, aos 19 anos, já era dona de casa e mãe de família. Apesar da diferença de oito anos de idade do marido, minha mãe, além de ser inteligente e curiosa, era uma mulher de personalidade marcante e, com o passar dos anos, foi conquistando seu espaço de autonomia e respeito na relação conjugal. Na companhia de papai, ela desenvolveu o gosto pela leitura, principalmente pelos clássicos da literatura alemã, como Thomas Mann e Herman Hesse, lidos na língua original. Papai costumava assinar o jornal local *A Gazeta* e a revista alemã *Der Spiegel*, esta última importada diretamente de Hamburgo. Ambos os periódicos noticiavam os fatos da vida social e política brasileira e europeia. Habitualmente, costumavam acompanhar e comentar os principais acontecimentos políticos no Brasil e no mundo – principalmente aqueles relacionados à Segunda Guerra Mundial que se prolongaria até 1945, com a ascensão do nazismo e suas consequências nefastas para a humanidade.

A SAGA DOS IMIGRANTES ALEMÃES

As duas Guerras Mundiais, ocorridas entre 1914-18 e 1939-45, representaram para os imigrantes alemães e seus descendentes radicados no Brasil um período de grandes dificuldades. Instalou-se, no sul do país, um clima de franca hostilidade e desconfiança contra os "alemães-batata" - como eram chamados, com escárnio, pelos "luso-brasileiros" - passando a ser vistos como "traidores reais ou potenciais da pátria". Foram tempos de incerteza e discriminação. Após o golpe de estado de Getúlio Vargas, em 1937, com a instauração do Estado Novo e o envolvimento do governo brasileiro, na Segunda Guerra Mundial, várias "medidas preventivas e repressivas" foram tomadas, no tocante à educação e aos meios de comunicação, para forçar a "nacionalização" dos imigrantes. Entre elas, a proibição do uso do vernáculo alemão nas escolas, em cultos e celebrações religiosas, não escapando sequer a vida privada familiar. Os principais jornais teuto-brasileiros, publicados em língua alemã, alguns deles com cinquenta anos de circulação, tiveram que fechar suas portas. Não bastasse isso, a polícia passou a vasculhar domicílios, em busca de "material subversivo", levando pânico à população que, com temor de represálias, queimou livros de literatura, cadernos, hinários, bandeiras e importantes fontes de pesquisa histórico-social da imigração alemã no Brasil. Outras formas de punição àqueles que não dominassem fluentemente o idioma nacional era o cerceamento do acesso à prestação de serviços cartoriais e jurídicos. Até as sociedades recreativas, literárias e teatrais foram atingidas pelas chamadas "patrulhas", a mando do estado, obrigando muitas delas a encerrarem suas atividades. Com o fim dos conflitos, algumas dessas associações reabriram e floresceram, embora muitas delas, sobretudo aquelas com finalidades culturais, tivessem desaparecido.

CAPÍTULO 1

Memórias da Infância

A CASA ONDE NASCI

Morei, durante boa parte de minha infância, numa casa de estilo colonial de sete cômodos, construída rente à calçada da rua da Independência, com amplas janelas de vidro e persianas. Na entrada lateral havia um pergolado coberto por trepadeiras e heras de cor verde-musgo que se agarravam às paredes. Ao fundo escondia-se um pequeno tesouro: uma gruta de pedras semipreciosas, partidas ao meio, deixando descobertas lindas formas geométricas, de cores vivas e brilhantes, que variavam, de acordo com a incidência da luz do sol, do roxo ao azul cobalto, do verde esmeralda ao verde mar, do cinza prateado ao branco. No centro da gruta havia uma imagem de Nossa Senhora. Para mim, aquele santuário era um local ao mesmo tempo místico e sagrado que me inspirava admiração e respeito.

Das janelas de minha casa, eu podia contemplar o mundo lá fora. Fazia parte desse mundo uma praça, cheia de plátanos, com suas folhas amareladas e avermelhadas pelo outono que cobriam o chão, formando um cenário que mais parecia a paisagem de uma tela impressionista. O espaço era emoldurado por gramados verdejantes e atravessado por caminhos de cascalho pelos quais eu costumava circular, montada numa velha bicicleta sem freio, emprestada de meu irmão - Lá vou eu - gritava para os amiguinhos da vizinhança, descendo desembestada a ladeira da praça, naquela bicicleta que só parava ao colidir com uma árvore. Buuummm!!! E lá estava eu, estatelada no chão. - Clarissa Stein - chamou o médico que me atendeu na emergência do hospital. - Você teve mais sorte do que juízo, menina - assegurou-me ele. Um corte na cabeça e quatro pontos fora o resultado de minha traquinagem.

Da calçada da nossa casa, eu podia avistar a entrada do pátio da fábrica de chocolates e balas de meu pai, com o prédio principal à frente, dividido por escritórios e a planta industrial que ocupava um quarteirão inteiro. Aos fundos do pátio, havia uma grande chaminé de tijolos que dava vasão à combustão da queima do carvão para o aquecimento das caldeiras de água que produziam a energia para o funcionamento das máquinas.

A casa tinha um pequeno quintal, aos fundos, parte dele ocupado por um gramado e alguns arbustos que formavam uma espécie de cerca-viva no seu entorno, delimitando o quintal e o pátio de circulação de veículos da fábrica. Ainda pequena, eu gostava de deitar-me de barriga para cima, no meio daqueles arbustos que formavam uma espécie de cama, feita de galhos e folhas macias, e de ficar contemplando o céu e as nuvens, com suas formas engraçadas, e de escutar o barulho de insetos e os piados de pequenos pintassilgos que arriscavam fazer voos rasantes sobre minha cabeça. - Clarissa, onde você se meteu, menina levada? - gritava a empregada, da porta da cozinha. Camuflada, no meio da ramagem, permanecia em silêncio para não ser descoberta em meu esconderijo. Daquela posição estratégica eu me sentia como num bunker através do qual podia acompanhar o movimentado entrar e sair de caminhões da fábrica que se abasteciam de mercadorias.

Fábrica de chocolates

Minha infância foi fortemente marcada pelas memórias da fábrica de chocolates e balas, localizada junto à casa em que nasci. A fábrica era um negócio familiar que tinha sido iniciado por meu avô paterno, em sociedade com um conterrâneo alemão. Com o passar do tempo e a aposentadoria de meu avô e seu sócio, os respectivos filhos primogênitos assumiram a responsabilidade de levar a fábrica adiante.

Como esquecer de todos aqueles aromas adocicados de frutas tropicais e silvestres, das massas de balas e do cheiro amanteigado de chocolate que exalavam de seu interior? Àqueles aromas misturavam-se outros cheiros das comidas alemãs preparadas por mamãe, no fogão a lenha da cozinha, que também servia para aquecer a família nos longos e frios meses de inverno.

Quando não estava na escola ou brincando na praça, subindo em árvores, na companhia de amiguinhas da vizinhança, minha atividade favorita era esgueirar-me porta adentro da fábrica, imaginando que minha presença passaria desapercebida dos funcionários, todos eles meus velhos conhecidos. A depender de meus propósitos, podia optar por entrar pela entrada de despachos de mercadoria ou pela porta do escritório, no qual havia um balcão de atendimento de clientes e, logo à direita, a sala de papai, cuja porta de entrada geralmente encontrava-se fechada. No entanto, era possível observá-lo, do lado de fora do escritório, através de uma janela basculante.

Papai era um homem de uma beleza clássica. Aos meus olhos, um verdadeiro deus grego: tez clara, cabelos louro-acinzentados, levemente ondulados, olhos azul-violeta e nariz afilado. Tinha muitos talentos. De meu avô herdara o gosto pela literatura e pela pintura. Na juventude, fora ginasta olímpico, tendo se destacado em várias modalidades do esporte, em competições regionais. Gostava de andar sempre bem-vestido. No inverno, costumava usar camisa de manga longa, branca, debaixo de um colete e de um casaco de lã cinzas. Seu rosto era emoldurado por um par de óculos de aro fino e delicado.

A sala de trabalho de meu pai era simples, composta por um grande birô sobre o qual havia um telefone, material de escritório e, em frente, duas poltronas e uma mesinha redonda para os visitantes. Havia também uma pequena estante de livros técnicos, já que ele era o responsável pela criação e testagem de receitas, pelo design gráfico das embalagens e do lançamento oficial de todos os produtos no mercado.

Passando pelo corredor e o balcão da entrada do escritório, havia ao lado uma pequena portinhola pela qual tinha-se acesso ao escritório central onde trabalhavam algumas funcionárias da administração, supervisionadas por *Frau* Elisabeth, a eficientíssima e leal secretária da diretoria, uma senhora de fala mansa e pausada, com um leve sotaque alemão. Ela era alta, de cabelos e olhos escuros e dona de uma pele muito alva. Casada, nunca tivera filhos e talvez por essa razão sempre se mostrava alegre e gentil com minhas visitas inesperadas. - *Guten Tag,* Clarissa! Venha até aqui que tenho algo gostoso para você - dizia ela, mostrando-me uma latinha de guloseimas, guardada no fundo da gaveta de seu birô. - Como foi o seu dia na escola? Você deseja falar com seu pai? - Não é preciso, obrigada - respondia apressada, já que aquele não era, em absoluto, o meu propósito. Minha intenção era, tão somente, conquistar a simpatia dela, retribuindo-lhe a gentileza com um sorriso doce nos lábios e permitindo que ela alisasse meu cabelo cacheado. Logo em seguida, tratava de evadir-me sorrateiramente porta adentro da fábrica, para fazer minhas incursões investigativas, recreativas e degustativas. Ah, essa última era a mais deliciosa e divertida.

A fábrica era dividida em setores: o da fabricação de balas e o de chocolates. Eu gostava de ficar contemplando o trabalho monumental de duas braçadeiras enormes que espichavam as massas das balas até adquirirem a consistência e a cor desejada. Dali eram transportadas, ainda quentes, à mão, por um funcionário que usava grossas luvas de couro, até a máquina de corte. Uma vez introduzida a massa bruta, ela seguia por um duto para deixá-la na espessura certa. Dali mesmo iam sendo cortadas, em série, e despejadas em uma esteira rolante, enquanto duas funcionárias faziam o controle de qualidade, retirando os refugos de balas imperfeitas. Depois elas seguiam para a máquina de embalagem e caíam, em grande velocidade, dentro de depósitos. Finalmente, o produto era pesado e ensacado para comercialização.

O barulho das máquinas, todas trabalhando ao mesmo tempo, era estridente e ensurdecedor. Mas eu não me importava e acompanhava, atenta, o passo a passo de todo aquele processo.

Em outro setor da fábrica ficavam os grandes tachos de cobre nos quais eram feitas as misturas de cacau, leite em pó e açúcar, para a obtenção do chocolate. A mistura pronta era transportada para uma câmara fria e derramada, manualmente, em moldes de barras de diversos tamanhos. Era um setor mais especializado da fábrica que demandava certa expertise dos *chocolatiers* – que com grande habilidade, com suas espátulas, tiravam o excesso de chocolate das formas e as colocavam nas gavetas de grandes geladeiras onde permaneciam durante horas para adquirirem a consistência necessária para o desenforme.

A Páscoa era a minha época favorita e eu ficava fascinada com a quantidade de ovos e de coelhos, de todos os tamanhos, que eram desenformados e embalados, freneticamente, com papel alumínio de cores vibrantes, e confeitados com açúcar colorido. Verdadeiras obras de arte saíam das mãos habilidosas dos confeiteiros.

Aquela fábrica fazia parte do meu mundo e do meu imaginário de criança, todo ele povoado por lembranças daquelas tardes preguiçosas em que ficava perambulando pelo seu interior. Volta e meia minha presença na fábrica era denunciada por algum empregado, ao gerente da linha de produção: meu tio, irmão de papai. E, diga-se de passagem, não sem razão. Principalmente no verão tórrido eu adorava entrar na câmara fria da fábrica e subir nas prateleiras enormes onde ficavam as caixas de chocolate etiquetadas e prontas para despacho. Eu ficava deitada, relaxando e aproveitando aquele friozinho gostoso. Às vezes, abria alguma caixa e me atrevia a tirar uma barra para degustação. Eu gostava especialmente de um chocolate meio amargo, com recheios de hortelã e morango. "Deus meu, que delícia!" Eram os meus favoritos. Um dia, quando estava bem refestelada numa daquelas prateleiras, escutei a voz de meu tio entrando sala adentro e falando em alto e bom som para que eu escutasse: – Parece que tem um ratinho roendo nossas barras de chocolate e temos de colocar uma ratoeira para capturá-lo. Eu estremeci e fiquei inerte, com medo até de respirar para não ser descoberta. Meu tio certamente considerava o fato como uma travessura de criança e jamais, que eu saiba, comentara algo com o meu pai. Ele era simpático, sorridente e parecia gostar de mim.

Deixamos a casa ao lado da fábrica, onde todos os quatro filhos nasceram - um homem e três mulheres - quando eu tinha 10 anos de idade. Quatro anos antes, meu pai adquirira um terreno em uma das principais ruas da cidade e iniciara a execução de um projeto arquitetônico de uma casa nova, moderna e espaçosa, em estilo funcional dos anos 60.

Devido à distância, as minhas idas à fábrica tornaram-se cada vez mais esporádicas. A mudança para a nova moradia encerrou o ciclo de minha infância, inaugurando uma nova fase: a da juventude.

CAPÍTULO 2

Memórias da Juventude

A INCRÍVEL AVENTURA DE VOAR

Alguém já observou o voo de uma garça? Ave de rara beleza, com sua plumagem branca, cobrindo-lhe o corpo e o pescoço longo, possui uma forma peculiar de bater as asas, com leveza e delicadeza, cortando o céu, em voo ligeiro, com movimentos que lembram o balé clássico. O que causa encantamento nas garças é a possibilidade de voarem, ora em voo solo, ora em bando. Garças, diferentemente dos humanos, já nascem predestinadas a deixarem os seus ninhos ainda filhotes e a voarem livremente. Já os humanos possuem uma história evolutiva peculiar: infância, adolescência, fase adulta e velhice.

Foi nos idos dos anos 60 que se deu a transição de minha infância à adolescência. Naquele período, a cena política brasileira tinha sido marcada pela renúncia do então presidente Jânio Quadros, seguida pela posse tumultuada do vice, João Goulart, considerado um esquerdista por setores conservadores da sociedade, da Igreja e da ala militar. Anos mais tarde, em

31 de março de 1964, Jango viria a ser deposto por um golpe militar cujo regime ditatorial iria se estender até 1985. Daquele período de exceção eu guardei lembranças das conversas cautelosas e temerosas de papai, em família, sobre os rumos preocupantes da situação política do país. Comentários entre amigos eram feitos com muita reserva e discrição. Afinal, meu pai, na condição de estrangeiro, não podia se meter em encrencas sob o risco de ser deportado. Ele nunca se naturalizara brasileiro, alegando que não trocaria uma cidadania plena, a alemã, por uma meia cidadania. Naquele tempo, no Brasil, pessoas naturalizadas sequer tinham direito ao voto.

Lá pelos 14 anos de idade, arrumei um namorado, o Amaury, um desses garotos bem-nascidos, de família tradicional da cidade. Foi quando os meus problemas com minha mãe e meu irmão mais velho, metido a sensor, começaram, pois era obrigada a namorar na clandestinidade, ou melhor, no banco da praça da rua principal da cidade, sob o olhar vigilante dos transeuntes, na saída da missa dominical. Só pude apresentar o namorado à família após um ano de namoro.

Um avanço, na época, parece ter sido o fato das jovens adolescentes, de famílias tradicionais da cidade, tentarem o vestibular de ingresso na universidade, em alguma grande metrópole. Comigo não seria diferente. Papai, como sempre, apoiou-me, apesar dos protestos de minha mãe que achava que eu podia perfeitamente cursar Letras em faculdade de minha cidade natal. Por fim, acabei vencendo a resistência dela, argumentando que "queria estudar na melhor universidade do estado".

Foi em 1970, quando o país ainda vivia os anos mais truculentos da Ditadura Militar, sob o governo do general Emílio Garrastazu Médici, que ingressei, por meio de concurso vestibular, na Faculdade de Letras, na capital Porto Alegre. Estava decida a deixar definitivamente o ninho familiar. A partir de então, ensaiei o meu primeiro voo solo.

Na faculdade, saía-me bem em todas as matérias. Tinha foco e disciplina e esforçava-me ao máximo para aprender e tirar boas notas. Na relação com meus colegas de turma, era, por temperamento, séria e introspectiva. Certa vez, um colega me elogiou a beleza, com a ressalva: pena ser tão sisuda.

Durante todo o período da faculdade, morei num pensionato de freiras, destinado a estudantes universitárias. Foi um alívio para mim poder estudar na capital e sair da vigilância intransigente de minha mãe. Fora de casa, era possível gozar de uma relativa liberdade com o meu namorado Amaury, um estudante de engenharia. Nos finais-de-semana, podíamos passear no parque e até pegar uma sessão noturna de cinema, desde que não ultrapassasse às 22h, horário-limite de retorno ao pensionato.

Uma vez por mês, era autorizada a visitar minha família no interior. Sentia muita saudade de meu pai que sempre fora meu melhor amigo, confidente, conselheiro e mentor intelectual. Com minha mãe mantinha uma relação distante e protocolar. A maior preocupação dela era, muito mais, garantir que eu mantivesse um relacionamento adequado com o meu namorado, na capital, do que meu progresso nos estudos. Provavelmente, ela achava que uma mulher instruída teria melhores chances de arrumar um bom casamento. Quanto a mim, o casamento, se acontecesse, seria um acidente de percurso em minha vida e não um fim em si mesmo. Papai, que sempre fora um homem à frente de seu tempo, nunca opinou sobre isso. Seu interesse sempre fora incentivar-me a estudar línguas estrangeiras. Costumava dizer que "o homem vale tanto quantas línguas fale". Certa vez, ele me escreveu uma carta, dizendo que sentia muito orgulho de mim, pois eu fora a única, dos quatro filhos, a se interessar pelo estudo de sua língua materna, o alemão.

A PERDA

Foi numa noite, no final do mês de outubro de 1972, que fui chamada para atender a um telefonema de casa. Era papai, comunicando-me que seria submetido a uma cirurgia de urgência. - Como assim, uma cirurgia de urgência, papai? - exclamei assustada, aos prantos, sentindo como se tivesse levado um soco na boca do estômago - Deixe de ser boba - disse-me ele, procurando me acalmar. - Não deve ser nada grave.

No dia seguinte, tomei o primeiro ônibus que pude e, ao desembarcar, na rodoviária, fui direto ao hospital. Encontrei meu pai no leito, já operado e consciente. Fui tomada de pânico quando vi a cor amarelada da pele de seu rosto que se estendia ao globo ocular. Minha mãe estava sentada ao lado dele. - Clarissa - explicou-me ela, - seu pai teve uma obstrução da via bilar, o que aumentou a bilirrubina no sangue, causando a icterícia. - Pode ficar tranquila, o problema foi resolvido e ele logo voltará ao normal. Alguns dias depois, ele recebeu alta e pode retornar à casa.

Chegou o mês de dezembro e, com ele, um intenso calor de verão. Diferentemente de anos anteriores, não havia mobilização para os preparativos do Natal dos quais papai sempre tomara a frente com grande entusiasmo. Era visível que ele não se encontrava bem e continuava abatido. Por insistência minha, foi montada uma árvore de Natal e um presépio, como habitualmente se fazia todos os anos, e a empregada da casa preparou uma ceia de Natal. Eu mal poderia imaginar que aquele seria o último Natal que a família passaria reunida com papai. Todos ficaram emocionados, com lágrimas nos olhos, quando cantamos a canção Noite Feliz. Aquela tinha sido uma noite muito triste e sombria. Não havia correria e nem risadas das crianças em busca de presentes, debaixo da árvore. O clima era de total desânimo. Mas a família sobreviveria àquele Natal e ao Ano Novo também.

No verão, a família costumava tirar férias, numa casa de veraneio, e papai não via a hora de partir, esperando que um clima mais ameno e o ar marítimo pudessem auxiliá-lo em sua recuperação. A viagem aconteceu no início de janeiro. A família toda viajara: eu e meu namorado Amaury, mamãe, meu irmão mais velho, com a esposa, as duas irmãs menores, a empregada e até o cachorro da família.

As semanas foram se passando e fui percebendo que papai, ao invés de melhorar, definhava a cada dia que passava, apesar de todos os esforços de mamãe que se transformara em sua enfermeira particular. Sentia fortes dores e, por recomendação médica, recebia doses diárias, cada vez maiores, de morfina. Cheguei a ficar revoltada, perguntando-me se aquele seria o melhor tratamento para papai. Tentava conversar com ele, distraí-lo, colocava, no rádio, suas músicas prediletas, mas ele se mostrava irritadiço e ausente. Ele se transformara apenas numa sombra, irreconhecível, do homem que fora no passado.

Até que em uma tarde do mês de fevereiro, minha cunhada chamou-me para uma conversa. - Clarissa - disse-me ela em tom grave. -A doença de seu pai não tem cura. Recebi a notícia com um grande aperto no coração, embora já desconfiasse, lá no meu íntimo, que meu pai estivesse morrendo. Naquela noite, mamãe, que costumava dormir sozinha com ele, pediu-me para que eu ficasse no mesmo quarto, ao lado da cama hospitalar que havia sido montada para meu pai. Demorei a dormir, escutando a respiração ofegante dele. Acabei pegando no sono, vencida pelo cansaço de um dia estressante. No meio da madrugada, acordamos, subitamente, em pânico. No quarto reinava o mais absoluto silêncio. Acendemos a luz e vimos papai de boca aberta, imóvel, sem apresentar nenhum sinal vital. Ele estava morto.

Meu irmão encarregou-se de buscar um médico, na cidade mais próxima ao balneário, para atestar o óbito. Horas depois acompanhamos o carro funerário, com a urna mortuária, numa longa e exaustiva viagem de volta à cidade natal. O velório foi rápido e o enterro aconteceu no mesmo dia. O cortejo do carro fúnebre era seguido por amigos e familiares que subiam a pé a rua do cemitério Católico no qual foram depositados os restos mortais de papai.

Diante do jazigo, avistei um bando de garças cruzando o céu, em voo sincronizado, como se quisessem prestar uma última homenagem a ele. Por um instante, fechei os olhos. Tudo era tão irreal que o meu desejo era dormir e não mais precisar despertar daquele pesadelo. Mas a realidade batera à minha porta, nua e crua, e não havia meios de modificá-la. Acabara de perder meu pai aos 21 anos de idade e agora eu podia sentir o peso da orfandade e da ausência dele em minha vida.

A morte inesperada de meu pai foi avassaladora para toda a família. Minha mãe, uma dona de casa, ficou viúva aos 47 anos de idade, com duas filhas menores para criar. Meu irmão, que já trabalhava com meu pai, assumiu os negócios da fábrica e passou a ser o arrimo da família.

Fim de um ciclo

Os dias e as semanas daquele terrível e interminável verão de 1973 foram se passando, até que um dia decidi retornar à fábrica. Era final de expediente e os empregados já tinham batido o ponto. Refiz, em câmera lenta, o mesmo percurso dos meus tempos de criança. Passei pela sala de papai cuja porta encontrava-se entreaberta. Sua cadeira estava vazia. Deslizei, lentamente, meus dedos sobre os objetos de sua mesa, como que querendo acariciar tudo aquilo que ele, algum dia, já havia tocado.

Tomei coragem e adentrei o escritório que tinha uma porta de acesso ao interior da fábrica. Estava escuro e fui adaptando, aos poucos, o meu campo visual. Sentei-me em um caixote e observei as sombras das velhas máquinas paradas. Tudo era silêncio. Meus pensamentos voltaram-se à toda a minha vida passada. Como eu tinha chegado até ali? Como seria capaz de prosseguir a minha vida, sem o meu pai? De onde tiraria forças? No meu íntimo, eu implorava para que ele aparecesse para mim, no meio da escuridão, na qual todo o meu ser se encontrava mergulhado, colocasse-me em seu colo, acariciasse minha cabeça e me dissesse que tudo iria ficar bem.

Subitamente, uma lâmpada acendeu-se, no meio da escuridão, e escutei uma voz, como se tivesse surgido do além. – É a senhora? – perguntou a voz. Surpresa, agucei a visão e pude enxergar o vulto de um homem que caminhava em minha direção. Era o empregado mais antigo da fábrica. Trocamos cumprimentos e ele sentou-se ao meu lado. Confidenciou-me que ainda podia sentir a presença de papai naquela fábrica. - Ele era um homem extraordinário, tinha um amor muito grande por esta fábrica e tratava seus empregados sempre com muito respeito e consideração. Ele está fazendo muita falta - disse-me ele com os olhos marejados de lágrimas. - Mas a vida continua - insistiu, como se quisesse me prestar apoio solidário.

Despedimo-nos com um aperto de mãos e permaneci mais alguns minutos em silêncio, mergulhada em meus pensamentos. Então, dei-me conta da energia vital de minha ancestralidade, da coragem das gerações de homens e de mulheres que haviam deixado a própria pátria, atravessado o oceano e construído uma vida no mundo novo, em terras brasileiras. Sim, eu tinha a história de meus antepassados em meu DNA. Como poderia desistir? Alguém apagou a lâmpada acesa no interior da fábrica. Eu nem me incomodei: já tinha reencontrado a minha luz interior.

CAPÍTULO 3

Memórias de Uma Jovem Libertária

VIDA QUE SEGUE

No mês de março pude retornar à capital para continuar os estudos. Naquele mesmo ano, meu namoro com Amaury, que já vinha esfriando fazia tempos, terminou de comum acordo. Lembro-me de suas últimas palavras: – Sei que você ainda vai longe na vida, Clarissa – disse-me ele, em tom de despedida, com um beijo na face. Confesso que me senti aliviada em colocarmos um ponto final naquela relação. Agora estava totalmente livre, como um pássaro, para voar e viver a minha própria vida.

Um ano após a morte de meu pai, concluí o curso universitário e mamãe tratou de me apressar para conseguir um emprego. Ela queria que eu ganhasse o meu próprio dinheiro e rápido. Acabei sendo contratada por uma editora, como revisora e em curto espaço de tempo, tornei-me financeiramente independente da família. Nesse período, senti necessidade de dar continuidade aos estudos superiores e passei a trabalhar de dia e a estudar à noite.

Tempos depois, minha mãe decidiu adquirir um imóvel no Bom Fim, bairro judaico da cidade. Mudei-me para o apartamento de mamãe com uma amiga, com quem dividia um pequeno aluguel. Passei, então, a gozar de maior liberdade e autonomia.

Os amigos

Retomei o contato com os colegas da faculdade e ampliei meu círculo de amizades. Entre os amigos frequentes, além dos amantes das Letras, havia também um filósofo, um cientista político e um arquiteto. O grupo de amigos costumava reunir-se aos finais de semana, na casa de Lorenzo, o chileno. Gostávamos de escutar música e conversar sobre literatura, filosofia e política. Lorenzo, estudante de filosofia, trabalhava no Consulado francês e tinha bons contatos com promotores de eventos culturais. – Neste final de semana consegui ingressos para o ballet russo Bolshoi – anunciou ele. Vesti o meu melhor traje de festa. No espelho do banheiro, dei uma última conferida em meu visual. Tinha a beleza e o viço que os anos de juventude me conferiam: cabelos louro-acinzentados emolduravam meu rosto de pele alva, nariz afilado e olhos de um tom azul escuro. Saí de casa e juntei-me aos amigos na porta do teatro.

Acomodados no balcão superior, assistimos fascinados a coreografia dramática de *O Lago dos Cisnes*, escrito por Tchaikovsky, e executada, com perfeição, pelo Ballet Bolshoi. De mãos cruzadas, na altura da cintura, as bailarinas movimentavam-se em perfeita sincronia, como cisnes brancos, deslizando, em pontas-de-pés, sobre as águas de um lago. Ao término do espetáculo, o público aplaudia de pé. Já fora do teatro, Lorenzo sugeriu que aguardássemos a saída dos bailarinos para cumprimentá-los. Um pequeno grupo saiu primeiro. Lorenzo, além de poliglota, era muito simpático e desenrolado e facilmente convenceu os bailarinos a nos acompanhar para um bate-papo em sua casa. O apartamento de Lorenzo era simples, mas aconchegante. O grupo acomodou-se em almofadões espalhados pela sala e logo instalou-se um clima descontraído, animado por boa música e drinks de vodca e Coca-Cola. Os rapazes logo se entrosaram com as bailarinas russas enquanto minhas amigas conversavam com os bailarinos. Eu, que sempre fora, por natureza, tímida, permaneci calada, observando, com curiosidade, toda aquela *mise-en-scène* de corpos, gestos e olhares.

O BAILARINO RUSSO

Fui surpreendida pela mão estendida daquele rapaz de olhos e cabelos castanhos, de ombros largos e quadril estreito, com musculatura peitoral bem definida e à mostra por debaixo de uma camiseta branca transparente. – *May, I?* – perguntou Andrei, estendendo-me a mão. Meu coração disparou. Com um aceno de cabeça, levantei-me lentamente, acompanhando o bailarino russo até o meio da sala, onde se improvisou um espaço de dança. Alguém mudou o disco na vitrola e ouviu-se o Bolero de Ravel. Com extrema delicadeza, Andrei enlaçou-me pela cintura, com a mão esquerda, enquanto elevava a mão direita para o alto, entrelaçando seus dedos com os meus. Ambos os corpos estavam bem próximos e podíamos sentir a respiração um do outro.

O olhar de Andrei era profundo e penetrante e era correspondido por mim. Inebriada pela música, deixei-me simplesmente conduzir por ele, que ensaiava pequenos giros, sob o eixo de seu corpo, até que fui suspensa vigorosamente para o alto e, posteriormente, reconduzida lenta e suavemente ao chão. Alguma coisa diferente estava acontecendo ali, naquele momento, entre nós, tomados que estávamos por emoções que dispensavam palavras. A atração era recíproca. – *Velikolepnyy* – sussurrou Andrei, em russo, em meu ouvido para logo em seguida emendar com a declaração - *You are stunning* (você é deslumbrante), trazendo o seu corpo, com mais vigor, junto ao meu.

A música parou e dirigimo-nos até a varanda para tomar ar fresco. A noite estava bonita e clara, com uma lua-cheia brilhante em um céu salpicado de estrelas. Estávamos lado a lado, tentando decifrar nossas próprias imagens refletidas na pupila um do outro. Éramos dois jovens estrangeiros, de mundos distantes e realidades distintas. A evocação da Rússia lembrou-me da mente genial e criadora de Dostoiévski, o escritor russo que tivera a própria carreira literária ameaçada sob a acusação de conspiração política. Preso na Sibéria, ele experimentara, em sua vida, várias transformações sociais em seu país, as quais influenciariam sua obra. Se, por um lado, absorvera da filosofia eslavista uma certa rejeição ao europeísmo russo, que se contrapunha à esperança redentora de uma Rússia destinada a servir de modelo de organização social à humanidade, de outro, sua experiência no cárcere fizera com que afirmasse a liberdade pessoal como pré-requisito para a vida e a existência humanas.

Decidi provocar Andrei, perguntando-lhe se ele era um leitor de Dostoiévski. Ele me encarou com indisfarçável surpresa e respondeu-me com uma clássica frase do autor, escrita em uma carta ao irmão: – "Vida é vida em qualquer lugar, a vida está em nós mesmos, e não no exterior". Havíamos acabado de descobrir uma afinidade em comum: a admiração por Dostoiévski. – Não imaginava encontrar, no Brasil, interesse pela literatura russa! – disse um Andrei admirado. E não sem razão. Era preciso lembrar que, no Brasil, além da censura imposta pelo regime militar aos meios de comunicação e à todas as formas de expressão culturais, vivíamos tempos de Guerra Fria, protagonizada pela Rússia, os Estados Unidos e seus aliados, o que sempre provocara no Ocidente uma certa reação anticomunista. Para a surpresa de Andrei, contei a ele que a primeira tradução de Crime e Castigo havia sido publicada em terras brasileiras em 1920 e que a edição de 1949, traduzida do russo para o português por Rosário Fusco, pela Livraria José Olympio, chegara-me às mãos graças a meu pai, um leitor entusiasta da literatura universal. O fato é que, desde 1930, já se verificava no Brasil uma espécie de *febre de eslavismo*, revelada pela grande procura por obras de autores russos. – Como é viver em um regime comunista? – disparei. Andrei, então, contou-me que a Rússia vinha sendo governada, desde 1964, por Brezhnev – um ex-dirigente do partido comunista, neostalinista, conhecido por sua oposição ao expansionismo neoliberal no mundo. Pesava a seu favor ações de tolerância religiosa e pacifistas, a proibição de armas estratégicas e a adoção de políticas de distensão e cooperação globais.

Andrei falou então de sua infância pobre, na Rússia, com a família sendo evacuada de Moscou durante a Segunda Grande Guerra Mundial. Filho de russos muçulmanos, estudara ballet escondido da família. Aos 17 anos, decidira deixar a casa dos pais para ingressar numa escola de dança em Leningrado. Aos vinte anos de idade, fora convidado para ingressar no Bolshoi, tendo a oportunidade de fazer turnês mundo afora desde então. – Você gostaria de conhecer o meu país? – perguntou-me. – Eu gostaria de viajar. Me agrada a ideia de ser uma cidadã do mundo!

Andrei ponderou que a história da Rússia sempre fora marcada por regimes totalitários que exerceram forte controle social, com o cerceamento das liberdades individuais e coletivas. Disse acreditar que, por essa razão, a literatura ocupara o papel que a política, a filosofia e a teosofia tiveram na Europa ocidental. Ambos concordamos que o papel da literatura russa sempre fora a busca pela verdade e pela essência do ser humano. – Mas qual verdade? Temos de admitir – ponderei, – que nós, seres viventes, nos encontramos enredados em narrativas por vezes conflitantes da história. Estas narrativas podem chegar até nós, tanto pela força de um regime totalitário como disfarçadas por uma objetividade cientificista dos fatos: uma verdade absoluta – complementei. – Sim - concordou Andrei. Este parece ter sido o grande dilema vivido por Dostoiévski. Ele sentia a necessidade de mergulhar o seu ser nas profundezas de mundos distintos e contraditórios para deixar emergir a consciência histórica do presente. Acreditava que, somente através dela, seria possível, senão desconstruir as narrativas dominantes do passado, pelo menos colocá-las em xeque.

Interpretações à parte, o próprio Dostoiévski parecia apostar na renovação do mundo moderno através do cristianismo ortodoxo russo, contrapondo-se ao poder temporal do catolicismo exercido pelo papado romano, aos quais eram atribuídos todos os males da humanidade. Não sem razão, os dilemas e os dramas existenciais de suas personagens oscilavam entre a sociedade russa, marcada pelo avanço das ideologias marxistas e as sociedades ocidentais, marcadas pelo imperialismo neoliberal.

No campo político, eu não podia deixar de manifestar a Andrei meu desconforto com o regime militar que se instalara no Brasil, desde 1964, e em diversos outros países da América Latina, como na Argentina, em 1966, e no Chile, em 1973, com a perda das liberdades políticas e de livre expressão, com a instauração da censura, da repressão, da tortura e do assassinato de opositores aos respectivos regimes. Afinal de contas estávamos, ambos, separados por dois continentes e duas culturas distintas, mas inseridos em realidades nem tão distantes. Éramos dois jovens que tinham logrado conhecer o mundo e a natureza humana através da literatura. Seria possível sonhar com um mundo diferente, tal como imaginara Dostoiévski, "ao afirmar o valor da liberdade pessoal como pré-requisito para a vida humana?" Andrei tomou minhas mãos entre as suas e beijou-me os lábios suavemente. Combinamos que voltaríamos a nos encontrar após cada término de espetáculo cuja temporada iria estender-se por uma semana na capital.

Aqueles poucos dias que havíamos passado juntos, descobrindo lugares pitorescos da cidade, tinham sido vividos com tal intensidade de sentimentos, emoções e descobertas de afinidades que tínhamos a impressão de que já nos conhecíamos desde sempre. Começamos, então, a forjar juntos um plano de fuga, para Andrei, no próximo destino do Bolshoi em Paris. Valendo-me dos conhecimentos de Lorenzo, no Consulado francês, obtive informações sobre como proceder para pedir asilo político na capital francesa. Conseguira, também, o contato de uma influente produtora de eventos culturais, Marie Blanche, que lhe daria suporte logístico em Paris.

A DESPEDIDA

Chegara finalmente o dia da partida. Já era outono, naquele ano de 1976, e a mudança na coloração das folhas das árvores já era perceptível. Tomei um ônibus até o aeroporto. Do alto do terraço, pude enxergar a trupe de bailarinos caminhando até a aeronave. Mãos e rosto colados no vidro da janela panorâmica, encenei um último adeus. Andrei olhou uma última vez para trás, antes de embarcar. O avião decolou e foi alcançando altura até encontrar sua rota de voo cruzeiro e transformar-se num ponto branco perdido no horizonte.

Retomei à minha rotina de trabalho. Sabia que a próxima semana seria crucial para Andrei. A sorte estava lançada. Depois de muito tempo, voltara a sentir necessidade de agarrar-me a algo: a fé em Deus que havia perdido com a morte de meu pai. Perambulei pelas ruas do centro histórico da cidade até encontrar a catedral metropolitana que se erguia imponente na praça da Matriz. Adentrei o pórtico principal e sentei-me num banco, aos fundos da igreja. No alto, contemplei o vitral de um São Miguel Arcanjo, com sua lança nas mãos, e veio-me à memória uma oração que aprendera na infância: "São Miguel Arcanjo, defendei-nos no combate, sede nosso refúgio contra a maldade e as ciladas do demônio! Amém". Deixei a igreja tomada por um sentimento de fé e esperança de que tudo daria certo. Entregara nas mãos de Deus a segurança e a vida de Andrei. Os dias foram se passando e a angústia e a expectativa só faziam aumentar. Minha única fonte de notícias era Lorenzo, que procurava acalmar-me, assegurando-me que tudo corria conforme o planejado. Andrei e Marie já tinham logrado se encontrar em Paris com sucesso.

Mobilizações de rua

Por aqueles dias, no final de setembro de 1976, tomei conhecimento que uma grande mobilização estudantil estava em curso em todo o país. Um ano antes os aparelhos de repressão da ditadura tinham deflagrado ações repressivas contra opositores do regime, com a prisão de centenas de pessoas, culminando com o assassinato do jornalista da TV Cultura, em São Paulo, Vladimir Herzog. Todos os eventos ocorridos aceleraram a convocação de assembleias estudantis para debater a situação política do país. Em agosto de 1976, um fato acirrara os ânimos dos estudantes em Porto Alegre: a prisão e o espancamento brutal, até a morte, de um estudante da Faculdade de Direito e a detenção de militantes. Uma grande manifestação de protesto fora então marcada para o final da semana. Meus amigos e eu decidimos participar.

Quando chegamos ao local, pudemos avistar, no alto do viaduto da Independência, uma aglomeração de pessoas, a maioria estudantes, mas também agricultores. Chegavam munidos de cartazes de protesto e gritando palavras de ordem, a todos os pulmões: "ABAIXO A DITADURA", "ABAIXO A REPRESSÃO", "REFORMA AGRÁRIA JÁ". À medida que a multidão se avolumava, os ânimos tornavam-se mais exaltados. Em quinze minutos, batalhões de soldados da polícia militar haviam chegado ao local, munidos de escudos, cacetetes, armas e bombas de efeito moral. Estávamos, os quatro amigos, de braços dados, na linha de frente, empunhando cartazes. A polícia avançava sobre os manifestantes com bombas de efeito moral. A fumaça espalhava-se rápido, tornando o ar irrespirável. A multidão protegia-se como podia e revidava atirando pedras. De onde estávamos, avistamos um policial espancando um manifestante, caído no chão. Foi quando apareceu um agricultor que lhe desferiu um golpe de foice, acertando em cheio sua jugular. O sangue esguichou para todos os lados e, em seguida, o policial tombou no chão. Em revide, balas de borracha eram atiradas a esmo contra os manifestantes.

Já anoitecia quando chegaram reforços policiais, encurralando os manifestantes que cambaleavam, desnorteados, com os corpos ensanguentados pela rua que se transformara num campo de batalha. – Todos no chão! – gritou Lorenzo. Ouviu-se, na escuridão, o estampido de tiros de revólver. Mantivemo-nos deitados e abraçados, rezando para que o pior não acontecesse. Lorenzo sentiu um chute forte no meio de suas costelas. Abriu o olho e avistou duas botas de cano alto junto a seu corpo. –Todos de pé com as mãos na cabeça! – gritou o policial. Fomos arrastados e jogados, com truculência, dentro de um camburão. Já no quartel, um policial nos interrogou. Como possuíamos domicílio fixo, emprego regular e não tínhamos antecedentes criminais, fomos liberados horas depois.

De volta à casa de Lorenzo, desmaiamos de cansaço e tensão. Na manhã seguinte, acordei atordoada, enquanto os demais continuavam dormindo. Achei que seria uma boa ideia surpreendê-los com um café e pão fresquinhos. Tomei uma ducha e vesti uma camiseta limpa. Desci um lance de escadas e alcancei a rua, em direção à padaria. Na volta, animada com o cheiro de pãezinhos quentes, cruzei a rua e dei de cara com a banca de jornais de seu Zeca. – Bom dia! Já viu as manchetes de hoje? – perguntou-me. Lembrei logo dos eventos truculentos do dia anterior nos quais estivéramos envolvidos. Parei, por um momento, e li a manchete de capa do Correio do Povo: "POLÍCIA MILITAR REPRIME MANIFESTAÇÃO ESTUDANTIL". Mas, logo abaixo, havia uma chamada de notícia que me deixou intrigada: "FUGA ESPETACULAR EM PARIS – Caderno 2-Mundo". Com as mãos trêmulas e suando frio, procurei a seção indicada, onde li a manchete: "BAILARINO RUSSO PEDE ASILO POLÍTICO EM PARIS". Não restava dúvida, era ele, sua foto estava estampada ao lado.

A notícia de meia página dava conta de que, um dia antes do embarque para Londres, Andrei Ivanov teria sido avisado, pela companhia, de que não poderia seguir com os demais bailarinos para a capital inglesa e teria de retornar a Moscou. No dia seguinte a agente cultural Marie Blanche pediu ajuda à polícia francesa no Aeroporto Charles de Gaulle. No momento do embarque, a agente, sob o pretexto de dar-lhe um beijo de despedida, sussurrou-lhe ao ouvido que ele contava com proteção policial e que chegara a hora de desertar. Então, Andrei deu-se conta, numa fração de minuto, que era a sua grande chance, mesmo sabendo que aquela seria uma decisão definitiva e irreversível. Se retornasse ao seu país, seria punido pelo regime totalitário russo, correndo o risco de ser proibido, para sempre, de dançar. Preferiu fazer a opção por sua grande paixão e razão de viver: a dança. Respirou fundo e, num ato de coragem e determinação, correu, a passos largos, em direção aos gendarmes franceses, para a perplexidade dos camaradas russos que ainda tentaram detê-lo, sem sucesso.

A fuga espetacular de Andrei Ivanov foi, sem sombra de dúvida, um dos eventos marcantes da Guerra Fria e um duro golpe imposto ao regime comunista soviético. Ao retornar à casa, comemorei com meus amigos a notícia da deserção exitosa de Andrei.

A PARTIDA

Nos meses que se seguiram, Andrei e eu trocamos correspondência. Ele estava, aos poucos, adaptando-se à nova vida e aceitara o convite para ser o primeiro bailarino da Ópera de Paris. Nesse meio tempo, mobilizei-me para obter uma bolsa de estudos no Instituto de Linguística da Humboldt Universität de Berlim. Passei no processo seletivo do intercâmbio alemão e resolvi os trâmites burocráticos. Um ano se passara desde a fuga de Andrei.

Finalmente chegara o grande dia da partida. Estava tomada por sentimentos que eram um misto de euforia e de vontade de desbravar o mundo. Despedi-me da família e dos amigos, com pesar, mas estava decidida a alçar novos voos e enfrentar desafios.

Na universidade, instalei-me na residência estudantil e iniciei os cursos de outono. Embora estivesse na Europa, a correspondência com Andrei já não era tão frequente, o que me deixava triste. Aos poucos, fui adaptando-me à nova rotina acadêmica e fazendo amigos. Em novembro de 1977, recebi uma carta de Andrei, informando que a companhia de ballet da Opera, em turnê pela Europa, faria uma apresentação em Berlim e que gostaria muito de me reencontrar. — Tenho uma enorme dívida de gratidão com você, querida amiga! Marie fará chegar às suas mãos um ingresso especial na bilheteria do Teatro da *Deutsche Oper* - escreveu-me. Acabou confessando-me que "estavam juntos, já fazia alguns meses, mas que isso em nada modificava o afeto que nutria por mim". Fazia sentido, afinal, vivíamos em mundos muito diferentes e cada um tinha que seguir seu destino - refleti.

CAPÍTULO 4

Último Ato

O Lago dos Cisnes

Noite de gala na *Deutsche Oper,* com o teatro lotado. Encontrava-me acomodada em assento privilegiado na plateia. Estava ansiosa e muito emocionada quando as cortinas se abriram. Andrei recriara a coreografia da versão original do *Lago dos Cisnes.* Na versão atual, o príncipe Siegfried recusara as regalias da realeza e o casamento imposto pela mãe, buscando refúgio num lago mágico imaginário que lhe oferecia um amor idealizado. O primeiro ato fora aberto por um solo do príncipe, com a *performance* impecável de Andrei. O desenlace da história romântica de um amor impossível culminaria com o suicídio de Siegfried e de sua amada Odette que se afogariam no lago. No amanhecer, do dia seguinte, a tragédia daria lugar à visão redentora dos espíritos dos dois amantes que, finalmente, poderiam viver seu amor na eternidade. As cortinas fecharam-se sob os aplausos do público e os gritos delirantes por Andrei que reapareceria no palco várias vezes.

Subitamente, um holofote de luz foi desviado para o assento onde eu me encontrava sentada. Dirigindo-se ao público, Andrei anunciou a presença de uma pessoa muito especial em sua vida a quem devia o apoio à sua opção de vida e carreira no ocidente. - Clarissa Stein - balbuciou um Andrei visivelmente emocionado.

Então, ele desceu lentamente as escadarias do palco, com um ramalhete de flores nas mãos e, para a minha perplexidade, num gesto de carinho e respeito, curvou-se magistralmente aos meus pés.

Os aplausos da plateia, que se seguiram, abafaram o estampido de um tiro disparado do camarote ao lado, bem próximo de nós, onde um franco-atirador havia se posicionado estrategicamente e mirado seu alvo.

Ainda sob forte emoção e sem entender o ocorrido, percebi o corpo de Andrei tombar levemente de lado, enquanto um filete vermelho manchava seu colante branco, do lado esquerdo do peito. Fui tomada de pânico e horror e um grito dilacerado de dor saiu de minhas entranhas: - Socorro!!! Ajudem, pelo amor de Deus!!! Ele está ferido! Imediatamente instalou-se um tumulto na plateia próxima ao local onde me encontrava sentada, com as pessoas levantando-se dos seus assentos e acercando-se do corpo inerte, caído no tapete vermelho, num misto de perplexidade e medo. Um médico, presente na plateia apresentou-se, logo em seguida, e tomou o pulso de Andrei. - Ele está vivo e respira - disse ele, para o meu alívio. Minutos depois, Andrei era levado por uma ambulância. O sistema de segurança do teatro foi acionado e o suspeito do disparo, detido.

As horas angustiantes que se seguiram, sentada na sala de espera do hospital, acompanhada de Marie Blanche, enquanto Andrei era submetido a uma cirurgia, pareciam intermináveis. Ainda em estado de choque e sob forte comoção, eu tentava, em vão, compreender os trágicos acontecimentos daquela noite fatídica. Tudo parecia tão surreal. Como aquilo poderia ter acontecido com ele? O que estaria por detrás de um atentado contra a vida de um artista tão admirado e amado pelo seu público?

Já amanhecia quando o médico cirurgião, com o seu avental verde, ainda manchado de sangue, veio ao nosso encontro. Parecia exausto e seu desânimo era visível. - Eu sinto muito - disse-nos ele, balançando a cabeça. - Ele não resistiu à gravidade do ferimento. As palavras do médico soaram distantes, como num sonho, ou melhor, num pesadelo. Atordoada, senti a sala girar em minha volta, enquanto meu corpo era tragado para dentro de um túnel sem fim. Quando acordei, encontrava-me deitada em um leito do hospital. - Como você se sente? - perguntou-me uma enfermeira. - O que aconteceu? - perguntei. - Você teve uma queda de pressão, seguida de um desmaio. Não se preocupe, vai ficar bem.

No dia seguinte, as notícias do atentado e a confirmação da morte do primeiro bailarino do Ballet Opera de Paris, Andrei Ivanov, corriam nos principais jornais do mundo, inflamadas por teorias conspiratórias, negadas pelas autoridades russas. Uma investigação, conduzida pelas polícias alemã e francesa, meses mais tarde, seguida por um laudo psiquiátrico de sociopatia, confirmaria o autor do atentado como um imigrante de nacionalidade russa, com antecedentes criminais por agressão, que alegara, como motivação do crime, considerar o bailarino russo um "traidor da pátria". Devido à comprovação de sua insanidade, foi considerado imputável, sendo condenado a viver internado em uma instituição psiquiátrica, até o final de seus dias.

Andrei nunca mais pôde retornar à sua pátria. Nem mesmo morto. Tampouco seus familiares tiveram autorização das autoridades do Kremlin para se despedir do filho e do irmão. Ele foi enterrado em Paris, no cemitério russo *Sainte Geneviève des Bois*, destino de várias outras personalidades da cultura russa, como o Prêmio Nobel de Literatura, Ivan Alekseyevich Bunin, a romancista e poetisa Nadêdja Teffi, a pensadora, poetisa e novelista Zinaida Guippius e o pensador religioso, poeta, novelista e crítico literário Dmitry Merezhkovsky.

O enterro de Andrei Ivanov foi cercado de forte aparato de segurança policial. Cerca de mil pessoas, entre autoridades francesas, fãs, bailarinos e personalidades das artes e da cultura, do mundo inteiro, se acotovelavam do lado de fora do cemitério para prestar uma última homenagem àquele que fora um dos maiores expoentes do ballet do mundo ocidental.

Dostoiévski já dissera, de forma magnânime, na obra O idiota, através da personagem o príncipe Michkin, as seguintes palavras: "Foi dito: não matarás. E, então, se alguém matou, por que se tem de matá-lo também? Matar quem matou é um castigo incomparavelmente maior do que o próprio crime".

Em um ato de contrição, clamei aos céus: - Pai, perdoai. Perdoai os loucos, os insanos, os tiranos. Eles não sabem o que fazem - repeti em voz baixa.

Ao pé do jazigo, havia cerca de 200 pessoas autorizadas a participar da sóbria cerimônia fúnebre que havia sido organizada para aquele final de tarde. *Memento mori.* Esta é uma expressão latina cuja tradução é "lembre-se da morte". Ela parecia ser perfeita para a ocasião, pois despertava, forçosamente, em todos os presentes, a consciência sobre a efemeridade do ser humano. Quando o caixão finalmente foi baixado na sepultura, ao som solitário de um violino, lembrei-me de um poema de Fernando Pessoa sobre a morte, escrito em 1933: "A morte chega cedo/ Pois breve é toda vida/ O instante é o arremedo/ De uma coisa perdida/ O amor foi começado/ O ideal não acabou/ E quem tenha alcançado/ Não sabe o que alcançou/ E tudo isto a morte/ Risca por não estar certo/ No caderno da sorte/ Que Deus deixou aberto".

Réquiem aeternam (repouso eterno)

Um ano se passara desde aquele trágico evento que ficaria marcado para sempre em minha memória. Era final de outono e as árvores encontravam-se desnudas em meio a dias cada vez mais cinzentos e frios. De passagem pela capital francesa, voltei ao cemitério *Sainte Geneviève des Bois* para despedir-me de Andrei em sua última morada. Diante do jazigo, em mármore de carrara, erguia-se uma escultura delicada da silhueta do bailarino que havia sido oferecida por um escultor francês amigo. Depositei um ramalhete de tulipas brancas sobre a lápide fria. Eram suas flores prediletas. Não pude deixar de lembrar, com saudade, o dia em que nos encontramos pela primeira vez. Não houve nenhum estranhamento. A empatia e a atração tinham sido recíprocas e imediatas. Como se tivéssemos conhecido um ao outro em vidas passadas. Acredito que a consciência sobreviva após a morte e que reencarne em outro corpo físico. Somos espíritos e como espíritos sobreviveremos em outras reencarnações.

A passagem efêmera desse gênio da arte do ballet nessa vida não poderia ser apenas uma extraordinária e trágica casualidade do destino. Ele deixou para sempre um legado de sensibilidade e beleza estética para toda uma geração de jovens bailarinos. Tornou-se uma lenda e lendas não morrem jamais. Seu espírito libertário sobreviverá ao longo dos tempos e ficará marcado na memória de todos aqueles que tiveram o privilégio de conhecer a genialidade do artista e a nobreza da pessoa humana.

– Descanse em paz, amigo querido!

EPÍLOGO

Refazendo o caminho inverso dos ancestrais

Depois de muitos anos de estudos, na capital alemã, obtive, no início da década de 80, o título de Doutora em *Sprachwissenschaft* (Linguística). Logo em seguida, acabei recebendo o convite da Universidade de Berlim para assumir a honrosa cátedra de Germanística.

A opção por refazer o caminho inverso de meus ancestrais e eleger a Alemanha, nação que me acolhera, com plenos direitos de cidadania, como minha nova pátria, foi também a forma póstuma que encontrei para expressar o meu reconhecimento e agradecimento ao meu pai e avós paternos, dos quais herdei todo um legado de valores, cultura e tradições familiares. Concretizou-se, assim, o desejo que um dia cheguei a manifestar a meu querido e inesquecível amigo Andrei: tornar-me uma cidadã do mundo.

A memória no tempo e no espaço

Habitei espaços territoriais e simbólicos em diferentes tempos. O tempo é sempre unidimensional. Passado, presente e futuro constroem múltiplas memórias de nossa existência, todas elas situadas num tempo-espaço de alteridade.

Quem fui *eu*? Quem sou *eu*? Em quem o *eu* tornar-se-á?

O eu é sempre o resultado de uma construção alteritária de todos os outros *eus* que me constituem sujeito de minha própria vida e história.

Passado, presente e futuro.

Vivi, vivo e viverei em diferentes tempos e espaços.

Tempos e espaços conservadores, de usurpação dos direitos femininos.

Tempos e espaços de autoritarismo, violência e privação das liberdades.

Tempos e espaços de amizades verdadeiras.

Tempos e espaços de amores e paixões.

Tempos e espaços de tragédias e perda de afetos.

Tempos e espaços de esperança por dias melhores.

Tempos e espaços de desafios e de conquistas.

Tempos e espaços de liberdade para voar.

O QUE É A VIDA?

A vida é como um rio... que segue seu curso. Por vezes em águas calmas e transparentes. Outras, em águas agitadas e turvas. Como um rio cujas águas nunca são as mesmas, a vida também se renova e se transforma através do tempo.

O QUE É VIVER?

Viver pressupõe resiliência, resistência, superação e sobrevivência.

Sobreviv(*ente*). O ser humano é, acima de tudo, *ente*. O *ente*, ao reconhecer sua essência e possibilidade de (*ex*)istir, numa vida autenticamente vivida, vai ao encontro do seu verdadeiro ser, de seu inexorável destino. Não existe álibi e nenhuma escusa para deixarmos de viver uma (ex)istência verdadeiramente autêntica. Nossa participação no *ser* (*ex*-istir) é, inicialmente, um dever. É uma responsabilidade. É um comprometimento com a nossa única e irrepetível vida. Somente uma vida autenticamente vivida é capaz de moldar o caráter do ser por valores éticos e humanísticos.

O CALENDÁRIO DO TEMPO CRONOLÓGICO

O calendário marcava o dia 9 de novembro de 1989.

– Max? Querido, por favor, arrume as crianças! Temos que sair rápido. Todas as TVs estão anunciando a queda do Muro em frente ao Portão de Brandemburgo – gritei eufórica!

Era o fim de uma disputa político-ideológica, iniciada na Guerra Fria, em 1940, que havia dividido o mundo em dois blocos: o capitalista, liderado pelos Estados Unidos, e o comunista, pela União Soviética. O conflito resultara na divisão do território alemão em duas nações: a Alemanha Ocidental (República Federal Alemã) e a Alemanha Oriental (República Democrática Alemã), sendo a cidade de Berlim o seu epicentro. Em 13 de agosto de 1961 fora construído, na capital alemã, o Muro da vergonha, separando amigos e famílias inteiras de alemães, por cinco décadas.

Da mesma forma como milhares de berlinenses, corremos, meu marido Max, eu e nosso casal de filhos, Peter e Beatriz, até a praça *Potsdamer* para celebrar aquele extraordinário acontecimento. Muitos carregavam pás e picaretas para colocar o muro abaixo, pedra por pedra.

Havia muita emoção e troca de abraços e beijos entre os cidadãos da Berlim ocidental e oriental que celebravam o reencontro e a reconciliação de um único povo: o alemão.

A nação alemã foi oficialmente reunificada no dia 3 de outubro de 1990, em conformidade ao previsto pelo Artigo 23 da Lei Fundamental da República Federal da Alemanha.

LIBERDADE! LIBERDADE!
ABRA AS ASAS SOBRE NÓS!

Maria Cristina Hennes é brasileira, nascida em 1952, em Santa Cruz do Sul, Rio Grande do Sul. Descendente de alemães, viveu a infância e a juventude entre duas culturas das quais absorveu o gosto pela Literatura e pelas Artes. Formada em Letras (PUC-RS), radicou-se, em 1983, na cidade do Recife, Pernambuco, constituindo família e carreira acadêmica. Ingressou no Departamento de Letras da Universidade Federal de Pernambuco, assumindo a cátedra de Língua portuguesa. Em 2002 obteve o grau de doutora em Linguística (USP-SP) e, em 2012, o pós-doutorado em Linguística Aplicada e Estudos da Linguagem (PUC-SP). Dedicou três décadas de sua vida à formação de jovens universitários. Ativista da causa feminina, sua escrita literária expressa a busca obstinada pela emancipação e pela liberdade de ser-mulher.